16	3	2	13
5	10	11	8
9	6	7	12
4	15	14	1

ALBERTO MARTINS

UMA NOITE EM CINCO ATOS

Imagens de Evandro Carlos Jardim

Este livro foi selecionado pelo Programa Petrobras Cultural

editora 34

EDITORA 34

Editora 34 Ltda.
Rua Hungria, 592 Jardim Europa CEP 01455-000
São Paulo - SP Brasil Tel/Fax (11) 3816-6777 www.editora34.com.br

Copyright © Editora 34 Ltda., 2009
Uma noite em cinco atos © Alberto Martins, 2009

A FOTOCÓPIA DE QUALQUER FOLHA DESTE LIVRO É ILEGAL E CONFIGURA UMA
APROPRIAÇÃO INDEVIDA DOS DIREITOS INTELECTUAIS E PATRIMONIAIS DO AUTOR.

Imagens da capa e das páginas 10-11, 99, 100-101:
Evandro Carlos Jardim

Capa, projeto gráfico e editoração eletrônica:
Bracher & Malta Produção Gráfica

Revisão:
Cide Piquet
Fabrício Corsaletti
Mell Brites

1ª Edição - 2009, 2ª Edição - 2011 (1ª Reimpressão - 2011)

CIP - Brasil. Catalogação-na-Fonte
(Sindicato Nacional dos Editores de Livros, RJ, Brasil)

Martins, Alberto, 1958-
M341n Uma noite em cinco atos / Alberto Martins;
    imagens de Evandro Carlos Jardim — São Paulo:
    Ed. 34, 2009.
    112 p.

    ISBN 978-85-7326-428-9

    1. Ficção brasileira. 2. Teatro brasileiro.
   3. Programa Petrobras Cultural. I. Jardim, Evandro
   Carlos, 1935-. II. Título.

CDD - 869B

UMA NOITE EM CINCO ATOS

Nota 7

Ato I 13
Ato II 37
Ato III 55
Ato IV 67
Ato V 77

Sobre os personagens 103
Sobre as imagens 109

Nota

Esta é uma peça de ficção. Não deve causar espanto que seus personagens — os poetas Álvares de Azevedo (1831--1852), Mário de Andrade (1893-1945) e José Paulo Paes (1926-1998) — comportem-se, aqui e ali, de modo ligeiramente diverso do que em vida.

A. M.

O cenário é a cidade de São Paulo.

ATO I

Cena 1

Noite. Faculdade de Direito do Largo São Francisco.
O poeta Zé Paulo Paes, manco de uma perna, avança
pelos corredores. Topa com alunos saindo das salas de aula,
pergunta pela biblioteca.
Numa das mesas, o rapaz branquelo, de uns vinte anos,
lenço preto no pescoço e capa sobre os ombros, escreve num
grande caderno vermelho.

ZÉ PAULO
   Álvares?

O rapaz ergue a cabeça. Os olhos não fixam o interlo-
cutor.

ZÉ PAULO
   Poeta Álvares?

O rapaz volta meio corpo.

13

ZÉ PAULO

Tem uns minutos?

ÁLVARES

Estou escrevendo um poema.

ZÉ PAULO

Ótimo, poderá escrevê-lo enquanto conversamos.

ÁLVARES

Impossível. O poema só existe no silêncio, fora daqui não conseguirei terminá-lo.

ZÉ PAULO

Eu sei, mas pode terminá-lo depois.

ÁLVARES

Quando?

ZÉ PAULO

Agora.

ÁLVARES

Não entendo.

Silêncio.

ZÉ PAULO

Álvares, o século XXI o chama para uma tarefa... (*O rapaz larga a pena. Firma o olhar*) Que você escreva o seu poema no século XXI.

O rapaz volta-se inteiramente para o interlocutor. O rosto perdeu o ar mortiço. Ergue-se. Dá uns passos pela sala.

ÁLVARES

Fale mais... Todo poeta anseia por isso. Cruzar os séculos, emergir dos mortos... (*Para. Em dúvida*) Estou mesmo morto? (*Pausa*) Estou morto?

ZÉ PAULO

Sim e não. Mas isso não vem ao caso. Não é o mais importante.

ÁLVARES

E o que pode haver de mais importante?

Silêncio.

ZÉ PAULO (*impaciente*)

Álvares, é preciso que você venha comigo. O século, a cidade...

ÁLVARES

Você disse XXI?

ZÉ PAULO

Isso mesmo.

ÁLVARES

A cidade é a mesma?

ZÉ PAULO

Mudou muito.

ÁLVARES

No meu tempo era horrível. Você não imagina... O pó, o tédio, a lama...

ZÉ PAULO

Não diminuíram.

ÁLVARES

Mas devem ter mudado pra melhor.

ZÉ PAULO

Em parte.

ÁLVARES

Qual parte?

Pausa.

ZÉ PAULO

Sei lá... Eu também já tenho alguma idade. E ultimamente (*aponta para a perna*) tive sérios problemas de locomoção.

ÁLVARES (*grave*)

Como foi?

ZÉ PAULO

Circulação.

ÁLVARES

Comigo o problema foram as friagens, os resfriados, os pulmões... e aquela queda de cavalo. Você sabe, não? Ultimamente andam dizendo que não morri de tuberculose, mas de um tumor na fossa ilíaca...

ZÉ PAULO

Fossa por fossa, tudo são buracos.

ÁLVARES (*fingindo ignorar o comentário*)

... talvez houvesse também uma dose de neurastenia, mas, que eu saiba, nunca enfrentei problemas de circulação.

ZÉ PAULO

Na sua época, circulava-se com mais facilidade.

ÁLVARES

Em termos. Sabe quanto tempo demorava uma viagem até o Rio de Janeiro?

ZÉ PAULO

Dois dias?

ÁLVARES

Aproximadamente.

Pausa.

ZÉ PAULO

Você não gostaria de dar um pulo lá fora e ver como anda a cidade?

ÁLVARES

Posso? Estive tanto tempo encerrado aqui dentro... As notícias demoravam muito para chegar, não sei se estou preparado. Não sei que direitos são concedidos aos mortos no século XXI... Eles podem sair pelas ruas, falar, fazer negócios?

ZÉ PAULO

Há muitos que o fazem.

ÁLVARES

E não são punidos? O último resfriado foi terrível. Não quero passar por isso de novo.

ZÉ PAULO

Na minha companhia você estará bem. Os poetas são boa companhia. Pelo menos pra isso nós servimos.

ÁLVARES (*com interesse*)

Você também é poeta?

ZÉ PAULO

Fui aluno de poesia... Talvez continue sendo, não sei. Isso não importa.

ÁLVARES (*irritado, elevando a voz*)

De novo, "não importa", "não é importante"! Mas o que é importante, afinal?

ZÉ PAULO

Neste momento, o que importa é o que está lá fora... A cidade. Esses milhares de nós anônimos que somos nós.

ÁLVARES

Você gosta de trocadilhos.

ZÉ PAULO

Digamos que é um dos vícios que adquiri com a poesia do século XX.

ÁLVARES

No meu tempo, os vícios eram outros.

ZÉ PAULO

Também provei alguns desses.

ÁLVARES

Achou bons?

ZÉ PAULO

Por algum tempo.

Silêncio.

ÁLVARES

Mas não levam muito longe, não é?

ZÉ PAULO

Você acha?

ÁLVARES

Não sei... Não estou bem certo...

ZÉ PAULO

Não. Não me levaram muito longe. Por outro lado, ninguém vive sem ilusões, Álvares... A lucidez também é um mito. Aprendi isso.

ÁLVARES

Como viver então?

ZÉ PAULO

Como químico e poeta, eu diria que "buscando a dose certa".

ÁLVARES

E o infinito?

ZÉ PAULO

Também.

ÁLVARES

Para a poesia, o infinito e... os fármacos?

ZÉ PAULO

Isso.

ÁLVARES

Você ainda os usa?

ZÉ PAULO

Só a primeira. Sempre, cada vez mais — sem distinção de época, língua, crença...

ÁLVARES

Um sonho universal?

ZÉ PAULO

Não sei se isso existe.

*Nesse instante um turbilhão de ruídos de rádio, buzinas,
alarmes, vozes, músicas, tráfego — como em "Revolution 9",
dos Beatles — irrompe pela janela em alto volume.
Álvares, estupefato.
Os sons duram algum tempo, depois diminuem.*

ZÉ PAULO

A sinfonia do século. Você não gostaria de ouvi-la mais
de perto?

ÁLVARES

Não sei se estou preparado...

ZÉ PAULO

Não tem importância.

ÁLVARES

Lá vem você de novo... Nada tem importância! E o sa-
grado, não tem importância?

ZÉ PAULO

Pessoalmente, acho que sobrevive; mas não declararia
isso em público.

ÁLVARES

Por quê?

ZÉ PAULO

Porque há muitos que o manipulam. Eu não quero ser um deles.

ÁLVARES

Então vives acuado.

ZÉ PAULO

Nas trincheiras.

ÁLVARES

Em combate?

ZÉ PAULO

Sempre que possível.

ÁLVARES

É isso que dizem ser vanguarda?

ZÉ PAULO

Não, não é mais.

ÁLVARES

Por quê?

ZÉ PAULO

Perdeu o sentido.

ÁLVARES

Você recuou.

ZÉ PAULO

O tempo e o espaço mudaram. O combate agora tem outras dimensões.

ÁLVARES

Não sei do que você está falando, mas trincheiras são muito parecidas com covas... Passei a maior parte da vida dentro delas.

ZÉ PAULO

Sim, você também é um combatente. Por isso o chamamos.

ÁLVARES

Quem?

ZÉ PAULO

Nós, todos nós. Será um exagero dizer que falo em nome de muitos?

Álvares faz um gesto em direção à janela de onde vieram os sons.

ÁLVARES

Aqueles?

Zé Paulo assente com a cabeça.

ÁLVARES

Os que estão lá fora?

Zé Paulo assente outra vez.

ÁLVARES
Quem me garante que não é uma farsa?

ZÉ PAULO
Ninguém.

ÁLVARES
Então vamos.

Cena 2

Noite. Do lado de fora da faculdade, as empenas dos edifícios se projetam para o alto, fantasmagóricas.

ÁLVARES

Que cidade é essa? Podíamos estar no México, na Dinamarca... Podíamos estar em qualquer parte.

ZÉ PAULO

Mas não estamos. Estamos no centro de São Paulo, no antigo Largo do Capim. Ou Largo do Curso Jurídico. Você o conheceu bem. E o que você vê lá embaixo não é mais o ribeirão do Anhangabaú, nem do Chá, é uma avenida com ônibus, túneis e carros.

ÁLVARES (*espantado com a altura dos edifícios*)

Mas por que essas formas?

ZÉ PAULO

É a cidade que o século XX construiu.

ÁLVARES

E onde estão os cavalos?

ZÉ PAULO

Os cavalos?... Foram tragados pelo homem.

ÁLVARES

Não sei se me agradaria viver aqui.

ZÉ PAULO

Não tem escolha.

ÁLVARES

Para você talvez não, mas eu posso me retirar a qualquer momento.

ZÉ PAULO

Você acha?

ÁLVARES

Não?

ZÉ PAULO

Não sei. Por experiência própria, digo que um poeta não tem muitas escolhas na vida.

ÁLVARES

Agora está falando como poeta.

ZÉ PAULO

Então talvez eu esteja equivocado.

ÁLVARES

Não há graça nenhuma nisso. (*Pausa. Álvares espia os edifícios*) E o que tem aí dentro?

ZÉ PAULO

Firmas, cofres, comércios, contrabandos, esconderijos... e escritórios de advocacia.

ÁLVARES (*tomado por súbito interesse*)
E como é passar o dia aí dentro?

ZÉ PAULO
Triste.

ÁLVARES

E as noites?

ZÉ PAULO

Podem ter a sua graça. (*Dá um passo à frente, dirige-se ao público e passa a recitar o início de "Noite na repartição", de Drummond*)

"Papel,
respiro-te na noite de meu quarto,
no sabão passas a meu corpo, na água te bebo.
Até quando, sim, até quando
te provarei por única ambrosia?
Eu te amo e tu me destróis,
abraço-te e me rasgas,
beijo-te, amo-te, detesto-te, preciso de ti, papel, papel, papel!"

ÁLVARES (*caindo em si*)

Então era nisso que eu me transformaria se não fosse poeta? Um bacharel, um escrivão, um notário, um tabelião... Ainda bem que a poesia entrega à morte os melhores filhos... (*Para, hesita, tenta se lembrar de alguns versos*) Eu deixo a vida... como deixa o... deserto... (*Olha em volta; repete*) Eu deixo a vida como deixa... o pó... Não, o poente... o poento... pesadelo... (*Esquece, se angustia*) Não lembro... Não lembro do poema...

ZÉ PAULO

Calma, Álvares...

ÁLVARES

Eu não lembro!

ZÉ PAULO

Calma!

ÁLVARES (*gritando*)

Mas eu não lembro!

ZÉ PAULO (*também gritando*)

Calma! O poema se chama "Lembrança de morrer"... Está em qualquer antologia escolar. É só abrir o livro e decorar outra vez.

ÁLVARES

Você disse "lembrança de morrer"? Lembrança de morrer!? Mas então estou morto mesmo! Droga! A morte me tirou a memória... (*Pausa*) Quer saber de uma coisa?

ZÉ PAULO

O quê?

ÁLVARES

A morte é uma merda! Com ela, não me tornei nem uma coisa nem outra. Nem poeta nem bacharel de direito...

ZÉ PAULO

Tudo bem. Você escapou dessa.

ÁLVARES (*baixinho*)

Pra melhor?

ZÉ PAULO (*impaciente, agarra Álvares pelo braço e passa a conduzi-lo*)

Sim, pra melhor, pra melhor...

ÁLVARES

Aonde vamos?

ZÉ PAULO

Sair por aí. Você precisa mudar de ares, respirar um pouco, se acostumar com a cidade para...

ÁLVARES

Para?

ZÉ PAULO

Nada. Só se distrair um pouco...

ÁLVARES

Fausto e Mefistófeles também se distraíram como nós...

ZÉ PAULO

Eu, pelo menos, não cheguei a vender a minha alma.

ÁLVARES

É que já não a compram como antigamente.

ZÉ PAULO

Ah, e como compram, Álvares! Você não imagina.

ÁLVARES

Você que diz que também é poeta, certamente é bacharel...

ZÉ PAULO

Não. Posso ter tido muitos defeitos, mas bacharel em direito nunca fui... Fiz um curso técnico de Química. Depois passei o resto da vida fabricando pequenos venenos.

ÁLVARES

Como? Então é possível ser poeta sem ser bacharel em leis?

ZÉ PAULO

Nesse ponto, o país progrediu muito.

ÁLVARES

Não consigo acreditar. Recita-me um de teus venenos.

ZÉ PAULO

Não sei recitar.

ÁLVARES

Como!?

ZÉ PAULO

Não sei recitar. Pra mim o poema é como medicina, só uso quando necessário.

ÁLVARES

E você não está doente agora?

ZÉ PAULO

Não. A sua companhia me faz bem. Até de minha perna esqueci... (*Pausa*) Posso lhe perguntar uma coisa: como é do lado de lá?

ÁLVARES

Do lado de lá?

ZÉ PAULO

É.

ÁLVARES (*olhando em volta e afetando conhecimento*)

Não muito diferente.

ZÉ PAULO

Não muito diferente?

ÁLVARES

Não.

Pausa.

ZÉ PAULO

Mas o que você fez esses anos todos?

ÁLVARES

Andei pelos corredores, fumei um tanto, cuspi pra cima... e estudei um pouco.

ZÉ PAULO

Estudou? Que tipo de coisa?

ÁLVARES (*hesitante*)

Não sei, acho que... Botânica! Quando fecho os olhos só vejo bulbos e raízes.

ZÉ PAULO

Bulbos e raízes?... Faz sentido. E havia bichos?

ÁLVARES

Baratas, camundongos... No começo muitos, depois não mais.

ZÉ PAULO

E era tudo escuro o tempo todo?

ÁLVARES

Não, havia o dia e a noite... Havia muitas outras coisas. Não consigo me lembrar dos detalhes...

ZÉ PAULO

Do conhecimento só fica aquilo que se usa.

ÁLVARES

Como?

ZÉ PAULO

Só fica aquilo que se usa.

ÁLVARES

Isso soa como desculpa esfarrapada.

ZÉ PAULO

Pode ser um farrapo, mas não é uma desculpa.

ÁLVARES

Não lembro sequer dos meus versos...

ZÉ PAULO

Tanto melhor. Quando voltar a se lembrar, eles lhe parecerão novos.

ÁLVARES

Não tem graça.

ZÉ PAULO

Desculpe, Álvares, não tenho muita paciência para explicar as coisas. É outro dos vícios que adquiri com a poesia moderna... Olhe, que coincidência! Viemos dar justamente aqui... Lembra-se?

ÁLVARES

O Largo do Piques!

ZÉ PAULO

O Largo da Memória!

Ambos circulam a pirâmide de granito do Piques. Cada um murmura, conversando ao mesmo tempo consigo e com o outro.

ÁLVARES

Deste eu me lembro.

ZÉ PAULO

A pedra não tem culpa do que lhe fazem.

ÁLVARES

Não traz nenhuma inscrição. O chafariz não está mais...

ZÉ PAULO

Tivemos muitos problemas com a água.

ÁLVARES

Ou mudaram-no de lugar...

ZÉ PAULO

Por aqui as coisas sempre mudam os lugares.

ÁLVARES (*olhando em volta*)

Pelo visto para pior...

ZÉ PAULO

O humor, quando não vem cedo na vida, vem tarde.

ÁLVARES

Uma frase e tanto.

ZÉ PAULO

Levei anos para pô-la em prática. Quando eu era moço, achava que a poesia era toda séria.

ÁLVARES

Ah, só na fachada...

ZÉ PAULO

Você está falando sério?

ÁLVARES

Nem um pouco.

Silêncio.

ÁLVARES

Você vem muito por aqui?

ZÉ PAULO

Não, faz tempo que não venho ao centro. A perna...

ÁLVARES

Pena...

ZÉ PAULO

Nem tanto. Eu tenho outros divertimentos.

ÁLVARES

Secretos?

ZÉ PAULO

E públicos.

ÁLVARES

Como por exemplo...

ZÉ PAULO

Traduzir.

ÁLVARES

Traduzir?

ZÉ PAULO

É. Traduzo o que é secreto no público e a ação pública na privada.

ÁLVARES

Bobagem. Você é uma vítima dos trocadilhos... Já que gosta tanto de jogar, me diga: se este é o centro, o que há na borda?

ZÉ PAULO

Outros bairros, outras barras, muitas borras.

ÁLVARES

Lá vem você de novo.

ZÉ PAULO

Não, Álvares, aqui você é que é o novo e eu sou o velho... Mas eu gostaria de lhe mostrar alguém mais velho do que eu, alguém que mora na Barra Funda... (*Tomando Álvares pelo braço*) Vamos! O metrô fecha à meia-noite.

ATO II

Cena 1

Estação Anhangabaú.
Álvares e Zé Paulo passam a catraca sem necessidade de
bilhetes, descem a escada rolante e aguardam na plataforma.
Uma vez dentro do vagão, ficam de pé, mãos agarradas à bar-
ra de apoio acima da cabeça. Barulho alto.

ÁLVARES (*gritando para ser ouvido*)
Nunca experimentei um negócio desses antes! (*Zé Pau-*
lo absorto. Álvares insiste, quer conversar) É mais forte do que
absinto! (*Zé Paulo absorto*) Ninguém fala? Fica todo mundo
quieto? (*O barulho aumenta e cessa abruptamente quando*
Álvares está no meio da frase, de modo que suas últimas pala-
vras, pronunciadas aos berros, são ditas contra o fundo de
silêncio) MAS DE ONDE VEM (*corte de som*) ESSE BARU-
LHO TODO?

ZÉ PAULO (*sem responder*)
Pronto, chegamos.

Os dois dão um passo para fora do metrô.

ZÉ PAULO

Veja, Lopes Chaves esquina com Margarida. Aqui é a casa do homem.

ÁLVARES

Quem?

ZÉ PAULO

Vamos entrando. Depois lhe explico.

Cena 2

*Zé Paulo gira a maçaneta. Entram sem fazer barulho. A
sala de baixo está na penumbra. Álvares observa tudo com ex-
trema atenção: a mobília, os quadros, os livros, as estatuetas...
Sobem a escada.*
*Mário de Andrade está debruçado na mesa de trabalho,
o tronco caído sobre um grande mapa da América do Sul. Ele
dorme.*

ÁLVARES (*enquanto examina as estantes, as paredes, detalha-
damente*)
Parece que reconheço algo do meu próprio quarto. O
homem é solteiro... e poeta.

ZÉ PAULO
Também foi, também foi.

ÁLVARES (*excitado*)
Vamos despertá-lo. Quero conversar com ele.

ZÉ PAULO
Não, ainda não. Ele está cansado. Trabalhava muito e
dormia pouquíssimo. Escrevia todas as noites até alta ma-

drugada e às sete da manhã já era visto fumando, de pijama, na sacada.

ÁLVARES

Se era notívago, devia estar de pé... (*Álvares avança para acordar Mário, Zé Paulo o impede*)

ZÉ PAULO

Não é hora.

ÁLVARES

E por quê?

ZÉ PAULO

Você teve bastante tempo para se acostumar com a morte. Ele talvez se assuste. Imagino que seja difícil para um morto reencontrar o tom de voz.

ÁLVARES

Eu também perdi a voz por um bom tempo e agora estou falando com desenvoltura, não?

ZÉ PAULO

Mas ele talvez precise de algum aquecimento.

ÁLVARES

Quem está precisando de aquecimento sou eu. Você não sente frio?

Álvares abre uma gaveta, vasculha um armário, até que encontra uma garrafa de pinga e serve dois copos pequenos. Álvares e Zé Paulo ajeitam duas cadeiras, sentam e brindam.

ÁLVARES

A quem perdeu a voz e a reencontrou!

ZÉ PAULO

A quem dorme e um dia acorda!

OS DOIS

Saúde!

Silêncio. Álvares observa tudo à sua volta.

ÁLVARES

Ele gostava de música!

ZÉ PAULO

Ah, você percebeu.

ÁLVARES

E estudava bastante, não?

ZÉ PAULO

Feito um condenado.

ÁLVARES

Foi feliz?

ZÉ PAULO

Por alguns minutos, muito. Depois, não.

ÁLVARES

Então se saiu melhor do que eu...

ZÉ PAULO (*pigarreando para limpar a voz*)

Sabe? Da voz dele não ficou nenhuma fita, nenhum registro gravado... e ele amava a música! Amava com uma espécie de amor doentio, impossível.

ÁLVARES

Esses são os melhores!

ZÉ PAULO

Nem sempre. No fundo, ele queria muito ser cantor.

ÁLVARES

E não cantou?

ZÉ PAULO

Não de todo.

ÁLVARES

Então foi um tonto.

ZÉ PAULO

Ele se preparou a vida inteira para cantar; aprendeu piano, estudou, deu aulas, escreveu tratados de música e sonhava com ela no meio dos outros sonhos... Mas quando chegou a hora...

ÁLVARES

Quando chegou a hora?

ZÉ PAULO

O jogo mudou de figura.

ÁLVARES

O jogo sempre muda e quem está vivo... que se vire!
Tristes são os mortos, que não podem mudar de aposta.

ZÉ PAULO

Quem aposta baixo pode mudar as fichas a qualquer
momento. Mas ele apostou alto, alto e bom som, e quando
o jogo virou... ele perdeu a voz.

ÁLVARES

Não imagino castigo pior.

ZÉ PAULO

Para compensar, trabalhou muito, escreveu demais...
(*Pausa*) Escreveu sobre você também, sabe?

ÁLVARES (*visivelmente interessado, serve-se de mais um copo*)
Sério? E o que ele disse?

ZÉ PAULO

Achou você muito bom. A certa altura, disse que você,
com o seu fingimento todo, punha à mostra o artificialismo
do nosso meio.

ÁLVARES (*levemente contrariado*)
Não sei se era bem essa minha intenção...

ZÉ PAULO

Mas a boa arte tem que ir além das intenções.

ÁLVARES

O que mais ele disse?

ZÉ PAULO

Cravou você como um dos mais originais. Como uma voz nossa, lá no começo... Se não me engano, disse também que você era um gênio... cheio de defeitos!

ÁLVARES

Ah! Isso me agrada. Outro brinde!

Álvares serve nova dose. Os dois brindam.

ÁLVARES

Aos gênios cheios de defeitos! (*Olha com carinho para Mário de Andrade*) Estou gostando desse sujeito.

Mário se move, estremunhado no sono.

ZÉ PAULO

Disse também que você morreu completamente antes da hora... (*Álvares abaixa a cabeça, olha o chão*) E que assim ficamos sem saber se você era mesmo um gênio... (*Álvares levanta a cabeça, olha o teto*) Ou mais um exemplo vulgar de tropicalismo e mestiçagem, desses que prometem tudo na juventude mas se esgotam pelo esforço de tanto prometer.

ÁLVARES (*servindo-se de nova dose*)

Ele disse isso?

ZÉ PAULO

Disse.

ÁLVARES

E que mais?

ZÉ PAULO

Bem, que o seu destino era de prosador. Um prosador que se realizou como poeta. (*Pausa*) E que você era um aristocrata, um inútil, um individualista, um revoltado, um excepcional... E que "vivia nas grimpas"! (*Pausa. Estuda as reações de Álvares*) Por isso mesmo, precisamos de você...

ÁLVARES

Não entendo.

ZÉ PAULO

A sua tarefa ficou inconclusa.

ÁLVARES (*ergue-se irritado, anda pelo quarto*)

Claro, eu não lembro sequer dos meus versos! Não sei o que escrevi. Não sei se esse sujeito dorminhoco tem razão ou não!... (*Para. Prega os olhos em Mário de Andrade. Avança para acordá-lo*)

ZÉ PAULO (*barrando o caminho*)

Calma! Pode ser um choque.

ÁLVARES

Os choques são bons para os poetas.

ZÉ PAULO

Não importa a descarga?

ÁLVARES (*refreando o ímpeto*)

Pensando bem, Shelley morreu durante uma tempestade na costa da Itália.

ZÉ PAULO (*interessado*)

Mas foi mesmo um raio?

ÁLVARES

Um raio ou um porre. O que mais seria?

ZÉ PAULO

Assassinato político.

ÁLVARES

Ou simples pirataria... O que importa?

ZÉ PAULO

O que importa, digo eu! Esse é o problema com vocês, românticos, passam perto das grandes questões, mas embrulham tudo no mesmo saco: política, bebedeira, intriga, incesto e pirataria...

ÁLVARES

Ah, você queria cada ingrediente separadinho no seu canto, com as doses bem anotadas num papel para poder repetir a receita depois? Pois saiba que a nossa receita é irrepetível...

ZÉ PAULO

Ninguém está querendo repetir vocês.

ÁLVARES

Pois deveriam...

ZÉ PAULO

Mas eu os admiro muito. Vocês chegaram perto, muito perto...

ÁLVARES

Eu que o diga.

ZÉ PAULO

... mas deixaram escapar.

ÁLVARES

Ah é? E vocês? Fizeram um pouco melhor que isso? O seu século, a sua poesia, que eu nem sei como se chama pois vocês mudam tanto, uma hora são vanguarda, outra hora retaguarda ou sei lá o quê... por acaso, vocês chegaram mais perto?

ZÉ PAULO

Não, Álvares, nós também deixamos escapar. Chegamos perto, mas... ela sempre escapa... Por outro lado, nós acrescentamos alguma coisa.

ÁLVARES (*irônico*)

Sou todo ouvidos.

ZÉ PAULO

Nós acrescentamos... a Química.

ÁLVARES (*perplexo*)

A Química?

ZÉ PAULO

É. A possibilidade de isolar cada elemento, conhecer as suas propriedades e com isso reconfigurar toda a matéria, toda a sociedade.

ÁLVARES

E?

Pausa.

ZÉ PAULO

E descobrimos que a Química não basta.

ÁLVARES

Disso eu já sabia há muito tempo.

ZÉ PAULO

Por isso mesmo nós precisamos de você. E dele (*aponta para Mário*).

ÁLVARES

O que ele tem a ver com isso?

ZÉ PAULO

Digamos que ele também deixou algumas tarefas in-completas... E, além disso, no fim da vida descobriu que a História e a Geografia são disciplinas importantes.

ÁLVARES

Você fala como um escolar.

ZÉ PAULO

Dou valor ao conhecimento.

ÁLVARES

Eu não.

ZÉ PAULO

Por isso mesmo precisamos de você, Álvares. Mesmo com a História, a Química, a Geografia e toda a literatura do mundo, ainda nos falta alguma coisa... Por isso eu fui procurá-lo... (*Álvares vira-se para ele, interrogativo*) Para que você possa concluir a sua obra.

ÁLVARES

Que obra?... Ela só me chega aos fragmentos. Acho que foi só fragmento o tempo todo...

ZÉ PAULO

Álvares, essa é a nossa condição. Hoje só existe poesia no inútil, no inacabado...

ÁLVARES

No meu tempo já era assim.

ZÉ PAULO

Eu sei, mas não havia ainda o Grande Ciclo da Produção e do Consumo.

ÁLVARES

Você é que pensa! E os nossos delírios, os nossos desvarios? Eram só ataques de mocinhas inteligentes? Por que você acha que nos consumimos, um a um, até as últimas forças? Nós sabíamos exatamente o que se passava, os desastres que se preparavam nas mãos da Humanidade, e não deixamos passar em branco. Nós os denunciamos, pagamos o preço com a própria alma...

ZÉ PAULO

Álvares, nós somos bem seus filhos...

ÁLVARES

Não tive filhos. Nenhum de nós. Poetas não merecem filhos.

ZÉ PAULO

Catzo! Era noutro sentido que eu estava falando... (*Pausa*) Mas agora que você tocou no assunto, sabe que nenhum de nós três teve filho?

ÁLVARES

Não? Nem você nem ele? Então estamos todos entregues à solidão...

Silêncio.

ZÉ PAULO (*ergue-se e começa a declamar o poema de Mário*)

"... de árvores indevassáveis
De alma escusa sem pássaros
Sem fonte matutina
Chão tramado de saudades
À eterna espera da brisa,
Sem carinhos... como me alegrarei?"

ÁLVARES (*hesitante, como que adivinhando o refrão*)

"Na solidão solitude,
Na solidão entrei."

ZÉ PAULO

"Era uma esperança alada,
Não foi hoje mas será amanhã,
Há de ter algum caminho
Raio de sol promessa olhar
As noites graves do amor
O luar a aurora o amor... que sei!"

ÁLVARES (*de má vontade*)

"Na solidão solitude,
Na solidão entrei,
Na solidão perdi-me..."

ZÉ PAULO

"O agouro chegou. Estoura
No coração devastado
O riso da mãe-da-lua,
Não tive um dia! Uma ilusão não tive!

Ternuras que não me viestes
Beijos que não me esperastes
Ombros de amigos fiéis
Nem uma flor apanhei."

ZÉ PAULO E ÁLVARES

"Na solidão solitude,
Na solidão entrei,

Na solidão perdi-me,
Nunca me alegrarei."

Silêncio.

ÁLVARES (*entre ressabiado e admirado*)
   É seu?

ZÉ PAULO
   É dele.

ÁLVARES
   Não é ruim. (*Pausa. De repente, num ímpeto*) Então
vamos acordá-lo, chega de ficar aqui choramingando tris-
tezas...

ZÉ PAULO E ÁLVARES (*um de cada lado, gentilmente cutucam
Mário de Andrade*)
   Mário, Mário...

   *O homem grande, desengonçado, ergue a cabeça. Tateia
em busca dos óculos largados em algum canto da mesa.*

ZÉ PAULO
   Mário, viemos lhe buscar... Queria lhe mostrar umas
coisas pela cidade... Ah, esse é o Álvares.

   *Mário se ergue com o ar sonolento que irá manter até os
instantes finais da peça e cumprimenta os dois com a cabeça.*

ZÉ PAULO (*apanha o sobretudo e cobre os ombros de Mário;
Álvares ajuda com o chapéu*)
Deve estar um pouco frio... O chapéu também.

*Álvares pega mais um copo e serve aos três uma nova ro-
dada de pinga. Mário aceita e vira o copo lentamente.*

ZÉ PAULO
Não, já bebi demais.

ÁLVARES
E eu? Sabe o que acabo de descobrir? Que os mortos
não ficam bêbados! A embriaguez é uma dádiva concedida
exclusivamente aos vivos!

Os três saem.
Silêncio.
*Álvares volta correndo, entorna com pressa os restos de
todos os copos, estala a língua e sai estabanado.*

ATO III

Noite alta. Ruas da Barra Funda.
Álvares, Mário e Zé Paulo olham em volta, aparentemente perdidos.

ÁLVARES (*para Zé Paulo*)
Vamos pegar de novo aquele troço... Como é que se chama?

ZÉ PAULO
O metrô? Fecha à meia-noite. (*Consulta o relógio*) Já são duas e quinze.

ÁLVARES (*levemente embriagado*)
Fecha à meia-noite? As coisas não fecham à meia-noite, as coisas se abrem à meia-noite... (*Alto*) Senhores munícipes, as coisas não fecham... As coisas se abrem à meia-noite!... Eu vou dizer tudo que se abre à meia-noite... (*Tira do bolso do paletó uma lista, que lê em voz alta mas sem ênfase, como se fosse um meirinho fazendo uma notificação*) À meia-noite abrem-se os lábios, as tulipas, os pijamas, as garrafas, os livros, os lençóis, as flores mais escuras, os perfumes mais

escondidos... (*Dobra o papel, aproxima-o do nariz, aspira com gozo como se fosse um perfume e torna a guardá-lo no bolso. Pausa. Pensa um pouco, adianta-se; faz pose de declamador, hesita, decide, solta a voz*) Ó catacumbas da vida moderna, devíeis estar sempre abertas para os nautas, os lautas, os trânsfugas, os solitários, os viajantes, os exilados, os emigrantes clandestinos, os últimos passageiros noturnos da cidade-catacumba...

Zé Paulo e Mário se entreolham.

ZÉ PAULO (*tomando Álvares pelo braço*)
Pois é, mas as catacumbas estão fechadas por enquanto. Vamos de ônibus mesmo... O terminal é logo ali.

ÁLVARES
Terminal? Terminal de *omnibus*? Isso é latim. O terminal de todos nós. Bom, eu já estava no terminal... (*Começa a escandir as sílabas e a repetir a palavra indefinidamente*) OM...NI...BUS... OM...NI...BUS... OM...NI...BUS... (*Ao longo deste e dos próximos atos, conforme lhe dá na telha, Álvares entoa a palavra tal um mantra tibetano, fazendo ressoar sobretudo o OM inicial*)

Álvares, Mário e Zé Paulo chegam ao terminal da Barra Funda, onde dezenas de pontos de ônibus formam um cipoal de placas.
À parte, Mário examina repetidamente o conteúdo dos bolsos da calça e do casaco. Distrai-se com os fiapos de tecido que encontra. Alterna esse comportamento com instantes em que parece seguir com atenção os diálogos à sua volta.

Diante dos pontos de ônibus, Zé Paulo e Álvares começam a ler os itinerários — a princípio de forma lenta, indecisa, depois em ritmo acelerado, como dois repentistas tentando suplantar um ao outro, ou dois locutores esportivos, empregando as mais diferentes inflexões.

ZÉ PAULO

Jardim Guarani, Jardim Arpoador, Jardim Vista Alegre...

ÁLVARES

Jardim Terezinha, Jardim Luzia, Jardim Silveiras...

ZÉ PAULO

Jardim Mutinga, Jardim Fontalis...

ÁLVARES

Jardim Shangrilá.

ZÉ PAULO

Jardim Bonança.

ÁLVARES

Jardim Bom Jesus.

ZÉ PAULO

Jardim Boa Esperança.

ÁLVARES

Jardim Fraternidade.

ZÉ PAULO

Jardim Aliança.

ÁLVARES

Jardim Cimobil.

ZÉ PAULO

Jardim Fujijara.

ÁLVARES

Jardim Kagoara.

ZÉ PAULO

Jardim Guarujá.

ÁLVARES

Jardim Ibirapuera.

ZÉ PAULO

Jardim Marajoara.

ÁLVARES

Jardim Aimoré.

ZÉ PAULO

Jardim Indaiá.

ÁLVARES

Jardim Aurora.

ZÉ PAULO

Jardim Joá.

ÁLVARES

Jardim Meliunas.

ZÉ PAULO
Jardim da Glória.

ÁLVARES
Jardim Europa.

ZÉ PAULO
Jardim Guedala.

ÁLVARES
Jardim Ângela.

ZÉ PAULO
Jardim América.

ÁLVARES
Jardim Miriam

ZÉ PAULO
Jardim Brasil.

ÁLVARES
Jardim Atlântico.

ZÉ PAULO
Jardim Macedônia.

ÁLVARES
Jardim Marciano.

ZÉ PAULO
Jardim Piracema.

ÁLVARES

Jardim Bandeirantes.

ZÉ PAULO

Jardim Ipanema.

ÁLVARES

Jardim das Rosas.

ZÉ PAULO

Jardim das Estrelas.

ÁLVARES

Jardim Belaura.

ZÉ PAULO

Jardim Marisa.

ÁLVARES

Jardim Maristela.

ZÉ PAULO

Jardim Liderança.

ÁLVARES

Jardim Norma.

ZÉ PAULO

Jardim Herculano.

ÁLVARES

Jardim Susana.

ZÉ PAULO

Jardim Cristina.

ÁLVARES

Jardim Paulista.

ZÉ PAULO

Jardim Paulistano.

ÁLVARES

Jardim Jaraguá.

ZÉ PAULO

Jardim Anália Franco.

ÁLVARES

Jardim Maria Alice.

ZÉ PAULO

Jardim Vívian.

ÁLVARES

Jardim Lurdes.

ZÉ PAULO

Jardim Recreio.

ÁLVARES

Jardim Marquesa.

ZÉ PAULO

Jardim Tupi.

ÁLVARES

Jardim Turquesa.

ZÉ PAULO

Jardim Tamoio.

ÁLVARES

Jardim Modelo.

ZÉ PAULO

Jardim Cunha Bueno.

ÁLVARES

Jardim Helena.

ZÉ PAULO

Jardim Limoeiro.

ÁLVARES

Jardim Veneza.

ZÉ PAULO

Jardim Taboão.

ÁLVARES

Jardim Pantanal.

ZÉ PAULO

Jardim Riviera.

ÁLVARES

Jardim... Alto da Riviera!

ZÉ PAULO
Jardim Peri.

ÁLVARES
Jardim... Peri-Peri!

ZÉ PAULO
Jardim Roseli!

ÁLVARES
Jardim Aracati!

ZÉ PAULO
Jardim Nakamura!

ÁLVARES
Jardim Soraia!

ZÉ PAULO
Jardim Solange!

ÁLVARES
Jardim Zoológico!!!

Os dois cambaleiam, esgotados.

ÁLVARES (*quando recupera o fôlego*)
Meu Deus! Como tem jardim nessa cidade!

ZÉ PAULO
Não é mesmo? Para qual deles você quer ir?

ÁLVARES (*em dúvida*)

Tanto faz, parece uma Babilônia.

ZÉ PAULO

Mais do que a Babilônia, Bagdá e toda a Mesopotâmia! O Pinheiros e o Tietê são os nossos Tigre e Eufrates. Você conhece aquele ditado: todos os caminhos levam ao mesmo buraco? (*Sem esperar pela resposta*) Nesta vida, se não posso escolher o destino, posso pelo menos eleger o meio de transporte...

ÁLVARES

Como assim?

ZÉ PAULO

Podemos escolher pelas companhias. Veja lá... (*Começa a ler as placas*) Temos a Transppass Ltda...

ÁLVARES

Não! Outro trespasse numa hora dessas eu não suportaria.

ZÉ PAULO

Santa Brígida?

ÁLVARES

Rima com frígida.

ZÉ PAULO

Viação Gato Preto?

ÁLVARES (*animado*)

Eu já andei no lombo de um burro preto... Agora não me custa nada saltar de burro pra gato. Eu voto no Gato Preto!

ZÉ PAULO

Fechado!

ATO IV

Os três poetas se acomodam no ônibus. Álvares na janela, Mário no corredor, Zé Paulo no banco imediatamente atrás, de onde observa a paisagem por cima de suas cabeças. O ônibus passa diante de prédios de escritório iluminados na noite. Álvares estica os olhos pela janela.

ÁLVARES (*entusiasmado*)
Então esta é a cidade que não conheci! O tumulto das grandes avenidas, a febre das fábricas, os jogos eletrônicos de última geração e o contrabando na fronteira do Paraguai! (*Mário e Zé Paulo se entreolham*) Eu não queria ter perdido isso por nada!

ZÉ PAULO
Bem, ainda é tempo.

ÁLVARES
Você acha?

ZÉ PAULO (*com gesto largo de anfitrião*)
A noite do século XXI está aberta.

Álvares considera essas palavras, porém logo muda de assunto.

ÁLVARES

Lembro que na França havia uns poetas...

ZÉ PAULO

Sim, havia.

ÁLVARES

... e na Alemanha.

ZÉ PAULO

Também houve. Mas depois a coisa encrespou por lá também. (*Pausa*) Não há mais poesia, Álvares.

ÁLVARES

Mas Byron, Byron certamente resistiu!

Zé Paulo sacode a cabeça negativamente. Álvares recua assustado. Mário esboça um gesto em sua direção para consolá-lo.

ZÉ PAULO (*para Mário*)

Deixa, é bom que ele perceba. As coisas mudaram muito: o beco é sem saída.

ÁLVARES (*sem se dar por vencido*)

Mas e por aqui? Houve poesia depois de mim?

ZÉ PAULO

Sim, alguma poesia.

Mário luta contra o sono e sacode a cabeça afirmativamente.

ÁLVARES

Coisas boas? Coisas novas?

ZÉ PAULO

Sim, coisas novas, coisas boas, depois velhas de novo, depois novas... A poesia está morta, mas juro que não fui eu.

Mário fita Zé Paulo com espanto.

ÁLVARES

Morta? Moribunda eu diria, isso ela sempre esteve...

ZÉ PAULO (*apontando para a marginal do Tietê*)

Ainda existe um resto de poesia por aí... (*De repente, como se tivesse levado um choque, vira-se para Álvares*) Você seria capaz de fazer um poema com essa cidade?

ÁLVARES

Assim de chofre?

ZÉ PAULO

É, um poema de empreitada.

Os ruídos de trânsito aumentam. Buzinas, motores, descargas. É alta madrugada, mas as ruas estão entupidas como se fossem seis da tarde. Zé Paulo dá um pulo no banco e, sem ouvir a resposta de Álvares, aponta para a frente:

ZÉ PAULO

Olha ali, a Ponte das Bandeiras!

Mário ergue a cabeça, mexe-se no banco, busca um ângulo para ver melhor. O barulho aumenta.

ZÉ PAULO

Não resisto. (*Puxa do bolso um papel, começa a ler em voz alta a "Meditação sobre o Tietê", mas o barulho do trânsito torna-se insuportável. Ele tem que berrar o segundo verso. Zé Paulo interrompe a leitura e desce do ônibus*) Assim não dá! (*Vai até o quadro de luz do teatro e apaga a chave geral. Silêncio e escuridão. O palco, uma lagoa escura. Zé Paulo, no centro, agora lenta e solenemente*)

"É noite. E tudo é noite. Debaixo do arco admirável
Da Ponte das Bandeiras o rio
Murmura num banzeiro de água pesada e oliosa.
É noite e tudo é noite. Uma ronda de sombras,
Soturnas sombras, enchem de noite tão vasta
O peito do rio, que é como si a noite fosse água,
Água noturna, noite líquida, afogando de apreensões
As altas torres do meu coração exausto..."

Voltam a luz e os ruídos de fundo. Álvares está olhando pela janela, tomando notas freneticamente. Mário parece ter só uma vaga lembrança de seu poema. Zé Paulo sobe no ônibus.

ZÉ PAULO (*para Álvares*)
Que tal?

ÁLVARES
"As altas torres do meu coração exausto"... e depois o aristocrata sou eu!

ZÉ PAULO
Mas você gostou?

ÁLVARES (*absorvido pelas notas*)
Parece bom... Não prestei muita atenção.

ZÉ PAULO
É o começo de "Meditação sobre o Tietê". O maior poema já escrito em São Paulo... (*Apontando para Mário*) Ele terminou poucos dias antes de morrer; acho que nem se recuperou ainda.

ÁLVARES (*leva um susto, para de tomar notas*)
Tietê? Isso aí é o Tietê?

ZÉ PAULO
Eu não lhe disse que tínhamos problemas com a água?

Sobe nova maré de ruídos. O barulho das buzinas torna-se outra vez insuportável. Zé Paulo, erguendo-se no banco, faz um gesto com a mão abarcando 360 graus:

ZÉ PAULO

Mário, Mário, Álvares... Isso é algo que vocês não podem perder!

ÁLVARES

Meu Deus! O que é isso?

ZÉ PAULO

A mais nova invenção da cidade: congestionamento em tempo integral. Agora vivemos em permanente horário de pico.

Barulho de hélices de helicóptero irrompe fora do teatro, aproxima-se, cruza a cena, está em cima da plateia. Torna-se ensurdecedor. Parece que há realmente um helicóptero sobre-voando a plateia. Os três abaixam a cabeça e tapam os ouvidos até que o helicóptero se afaste.

ZÉ PAULO

E quem pode congestiona as outras vias.

Mário começa a tossir.

ÁLVARES

Horário de pico? O que é isso?

ZÉ PAULO

Bem, as interpretações variam conforme os autores, mas popularmente entende-se que horário de pico é aquele em que se atinge o máximo congestionamento das vias...

ÁLVARES (*apontando para Mário*)
Respiratórias, pelo visto...

ZÉ PAULO (*oferecendo um lenço a Mário que, com o lenço aberto e a mão espalmada, bate no próprio peito para se recuperar da tosse*)
Inclusive.

ÁLVARES
Mas como aconteceu tudo isso?

ZÉ PAULO

Aconteceu como acontece com todas as cidades da América. É muito simples: elas foram entregues aos automóveis... Ou melhor, aos combustíveis fósseis!

ÁLVARES
Combustíveis fósseis? Não entendo.

ZÉ PAULO

Entende, sim. E não só entende, como viu isso muito bem. (*Saca do bolso uma carta*) Veja só o que você escreveu a um amigo em 20 de julho de 1848. Você tinha ido acompanhar um colega até a entrada do caminho para Santos. No fim da tarde, comecinho da noite, voltando para São Paulo, você viu a cidade e a descreveu assim (*lê acentuando as pausas, evocando uma atmosfera de suspense*):

"... ao longe, se levantava a cidade, negra; e os lampiões, abalados pela ventania, pareciam esses meteoros efêmeros que se levantam dos paludes e que as tradições do norte da Europa julgavam espíritos destinados a distrair os viandantes, a correrem sobre o pântano imenso e preto..."

(*Zé Paulo guarda a carta no bolso e retoma o tom coloquial*) Viu? Lampiões a correrem sobre o pântano imenso e preto... Basta trocar o fogo dos lampiões pela faísca dos motores de ignição, pelo fogo do petróleo queimando no interior de cada veículo, e você tem uma ideia do incêndio em que estamos metidos!

ÁLVARES (*prostrado, murmurando consigo mesmo*)
Estou enjoado. Devo estar voltando à vida... Só os vivos enjoam... Nunca ouvi falar de morto enjoar.

ZÉ PAULO
Logo você se acostuma, pega o jeito...

Mário dá o lenço para Álvares, depois tira uma garrafinha do bolso do sobretudo e bebe. Zé Paulo se alegra.

ZÉ PAULO (*fazendo festa para o amigo*)
Viva, Mário! Você está de volta!

ÁLVARES (*examina o lenço e guarda-o num bolso; de outro bolso, tira um papel amassado, desdobra-o e o oferece a Zé Paulo*)
Toma... O poema do século XXI que você me pediu para escrever... Aí está.

ZÉ PAULO (*ajeita os óculos e lê em voz alta*)

"cargas expressas encomendas urgentes rastreamento via satélite TRUCKVAN TRUCKVAN TRUCKVAN sistemas de exaustão para a indústria automotiva as três palavras fortes da economia são transporte armazenagem distribuição protegido por grades o motorista não tem a chave logística e embalagem a ação necessária será automática INKU 628638 dígito 2 CAUTION 96 HIGH quem transporta quer segurança use bloqueio a distância"

Mário pigarreia.

ZÉ PAULO (*visivelmente satisfeito, dobra o papel e guarda no bolso o poema de Álvares*)
Ótimo! Agora os dois estão no ponto... Já podemos saltar.

ÁLVARES
Mas aqui? No meio do nada?

ZÉ PAULO
Do nada ao nada, será uma bela caminhada!

ATO V

Cena 1

Alta madrugada. Os três poetas caminham ao longo da marginal deserta. Passam sob viadutos e ao lado de fábricas e galpões abandonados. Do rio sobe uma lufada de carniça e podridão. Mário tosse.

ÁLVARES
Nossa! Que cheiro é esse? Parece que ele impregna até o avesso da alma.

ZÉ PAULO
Álvares, preciso lhe dizer uma coisa.

ÁLVARES (*tapando os ouvidos*)
Com esse fedor, impossível! Quero fechar todos os poros.

ZÉ PAULO
Não adianta, de noite o cheiro aumenta... (*Respira fundo*) É feito graxa, feito tinta gráfica, uma lama preta que invade a pele, penetra os ossos...

ÁLVARES

Mas por que você insiste em caminhar por aqui? Você me disse que as fábricas estavam abandonadas, que tinham virado galpões de estacionamento, mas elas fedem como se continuassem a fabricar.

ZÉ PAULO

Mesmo fechadas elas continuam fabricando.

ÁLVARES

Mas fabricam o quê?

ZÉ PAULO

Você nunca ouviu esses versos?

"As fábricas estão
paradas, como ruínas,
mas dentro se fabrica a mais densa escuridão..."

ÁLVARES

Não.

ZÉ PAULO

São de um poeta húngaro, que se matou numa estação de trem.

ÁLVARES

No meu tempo, não havia trens.

ZÉ PAULO

Não, Álvares, mas já havia a noite. Era isso que eu queria lhe dizer. E ela está bem aqui ao nosso lado...

ÁLVARES

É claro que a noite está aqui. Nós estamos na noite! Aliás, desde que você veio me interromper não fizemos outra coisa senão vagar pela noite de um lado pro outro... Se, pelo menos, ainda estivéssemos no *OMMM...nibus*!

ZÉ PAULO

Não. Álvares, eu quero dizer que a noite, a noite de verdade, está trancada nesses galpões na beira do rio... É aí que se guardam as máquinas... milhares de máquinas abandonadas porque ficaram obsoletas, ou porque o custo da matéria-prima tornou-se alto demais para a produção, ou porque não há mercado...

ÁLVARES

E o que há de errado nisso? O que não presta, joga-se fora!

Mário consulta seus bolsos.

ZÉ PAULO

Mas as máquinas estão morrendo à míngua!

ÁLVARES

Você me trouxe até aqui, até esse deserto fedido, porque sente compaixão pelas máquinas?

ZÉ PAULO

Não são elas, Álvares, somos nós! As máquinas somos nós!

ÁLVARES

Doido!

ZÉ PAULO

Todos esses galpões estão abarrotados até o teto de prensas, de prelos, de linotipos, de minervas, de ofsetes, de Heidelbergs de todos os anos, modelos e tamanhos. Máquinas feitas para rodar noite e dia por quase um século imprimindo centenas de milhares de páginas por minuto. Máquinas que são muito mais caras paradas do que produzindo... E no entanto, estão aí... nesses galpões abandonados à beira do Tietê...

ÁLVARES

E o que é que eu tenho com isso?

ZÉ PAULO

Toda a noite da escrita está aí dentro, Álvares! E ela está morrendo!

ÁLVARES

A escrita existe desde sempre.

ZÉ PAULO

Errado. A escrita é uma invenção do século XIX e ela está morrendo.

ÁLVARES

Você está delirando! A escrita é antiquíssima... Os chineses já escreviam em ossos de animais, os babilônios em tabletes de barro...

ZÉ PAULO

Minha sincera homenagem aos chineses e aos babilônios, mas a escrita, a indústria da escrita, tal como a conhecemos e a praticamos há até bem pouco tempo, é uma invenção do século XIX.

ÁLVARES

Ah, você quer dizer a indústria gráfica, não a literatura.

ZÉ PAULO

É a mesma coisa.

ÁLVARES

O século XX afetou a sua cabeça!

ZÉ PAULO

E não deveria?

ÁLVARES

Não. Existem fontes imemoriais, é a elas que devemos recorrer...

ZÉ PAULO

Sim?

ÁLVARES (*enervando-se*)

Então não existem? A Odisseia, a Bíblia, a Teogonia, o Tao-Te-King, Gilgamesh, Milton, Byron, Goethe, as grandes epopeias...

ZÉ PAULO

As grandes epopeias, Álvares, entraram pelo cano. Desceram as tubulações e foram dar aqui nesse rio que você está vendo, nesse esgoto malcheiroso. Está vendo a lama do Pinheiros e do Tietê? Lá no fundo estão as grandes epopeias...

Mário espicha o pescoço para espiar o fundo do rio.

ÁLVARES

Você enlouqueceu!

ZÉ PAULO (*como se declamasse*)

Penetra surdamente na lama deste rio. Lá estão os poemas que esperam ser escritos...

ÁLVARES

A nossa era uma loucura sagrada, capaz de nos arrancar da terra e nos arremessar a outras paisagens, mas a de vocês é uma loucura fria, fria e malcheirosa! Uma loucura fétida! Na certa, continuam mijando nas esquinas como no meu tempo... A terra pelo menos absorvia toda essa bosta. O calçamento de vocês, ao contrário, é insuportável!

Zé Paulo aprova a exaltação de Álvares com um tapa entusiasmado nas suas costas. Mário pigarreia novamente; faz ruídos e movimentos com a boca como se estivesse se aquecendo para um solfejo, mas não se ouve nenhuma sílaba.

ZÉ PAULO

Agora sei que fiz muito bem em chamá-los! É por isso mesmo que vocês estão aqui.

ÁLVARES

Para sentir esse cheiro nauseabundo?

ZÉ PAULO

Eu não lhe disse que tínhamos um problema terrível com a água?

ÁLVARES

O que tem a água a ver com isso?

ZÉ PAULO

Você não falou em fontes imemoriais?

ÁLVARES

Você está misturando as coisas.

ZÉ PAULO

Elas se misturaram.

ÁLVARES

Só na sua cabeça — e cabeça de verme, de minhoca que não enxerga um palmo à frente do próprio nariz.

ZÉ PAULO

Ou rabo. Você não disse que era de minhoca? Então como saber? Como saber se estamos indo pra frente ou pra trás?

ÁLVARES

Eu estive morto por 150 anos e você quer que eu saiba se *vocês* estão indo pra frente ou pra trás?

ZÉ PAULO

Pra frente ou pra trás, não. Pra cima ou pra baixo.

ÁLVARES

Deus! Acho que estou enjoando de novo.

Mário estende a garrafinha a Álvares, que vira um gole direto do gargalo.

ZÉ PAULO

Álvares, há muitas coisas que eu preciso lhe dizer...

ÁLVARES

E que eu não quero ouvir... (*Vira outro gole*) Vou embora. Quero dormir, sonhar sob lençóis subterrâneos!

ZÉ PAULO

Pois esse é o problema.

ÁLVARES

Sonhar?

ZÉ PAULO

Não. Os lençóis. Estão contaminados.

ÁLVARES

Fabricarei uma vacina.

ZÉ PAULO

É isso mesmo que eu espero. Mas preciso alertá-lo: esta é uma cidade invisível...

ÁLVARES

Sempre foi.

ZÉ PAULO

Mas hoje está pior. Só com faro infravermelho, ou o ouvido tortuoso de um peão, é possível encontrar a cidade onde ela se encontra: ao rés do chão...

ÁLVARES

Isso é um poema?

ZÉ PAULO

Talvez.

ÁLVARES

Lá vem você... todo *blasé*.

ZÉ PAULO

O que eu quero dizer, Álvares, é que no seu tempo ela podia ser invisível porque era tão pequena, pacata e provinciana; mas hoje ela é mais de setecentas cidades, uma empilhada em cima da outra, e os rios foram todos soterrados, já não é possível navegar. Por isso é preciso se aproximar com cuidado, abrindo os ouvidos para enxergar o caminho.

ÁLVARES

Apesar das quedas, eu sempre enxerguei bem.

Mário olha para baixo; depois ajusta os óculos como se estivesse procurando a distância focal exata entre seus olhos e o chão.

ZÉ PAULO

E eu estudei línguas, traduzi poemas. Isso ajuda a abrir caminho.

Mário pisa com cuidado ao seu redor, como quem sente o terreno antes de avançar.

ÁLVARES

É isso que os poetas deveriam ser. Abridores de caminhos!

ZÉ PAULO

Ou farejadores de água.

ÁLVARES

Ou criadores de alfabetos.

ZÉ PAULO

Ou um monte de coisas ao mesmo tempo... mas, sinceramente, não sei se isso ainda é possível.

ÁLVARES

Por quê?

ZÉ PAULO (*suspira, parece cansado de explicar*)

Álvares, aconteceram muitas coisas... Não sei se você entenderia, mas preste atenção: uma cidade pode mudar muitas vezes de lugar, mas um poço, não. (*Pausa*) E nós perdemos a entrada do poço. Por um momento, achamos que estava no futuro. Agora, não.

ÁLVARES

E faz sentido procurá-lo no passado?

ZÉ PAULO

Não, também não... Acontece, Álvares, que nós perdemos a entrada.

ÁLVARES (*olhando em volta*)

E eu estou procurando a saída.

ZÉ PAULO

Você não entendeu: não há saída.

ÁLVARES

Você e sua claustrofobia!

Pausa.

ZÉ PAULO

Não há saída — nem para um lado, nem para o outro; a única saída que resta é para baixo.

ÁLVARES

No rés do chão?

ZÉ PAULO

Mais baixo. No subsolo.

ÁLVARES

O que tem lá?

ZÉ PAULO

Ninguém sabe.

ÁLVARES

Como ninguém sabe?

ZÉ PAULO

Ninguém sabe o que se passa no subsolo da cidade. Esgoto sanitário, esgoto industrial, água de lavagem, óleos lubrificantes, combustíveis e solventes... Ninguém sabe. Tudo nesta cidade foi feito de forma independente, ao deus-dará, sem levar em conta o que veio antes, o que virá depois. Isso vale também para os buracos de metrô, gás, eletricidade, informações... O fato é que ninguém sabe o que existe no subsolo. Do empreendimento imobiliário mais suntuoso ao buraco mais miserável, ninguém sabe em que cidade realmente está.

ÁLVARES

Ninguém?

ZÉ PAULO

Ninguém sabe dos cruzamentos, das sobreposições, das conexões inesperadas.

ÁLVARES

E por que você me conta essas coisas?

ZÉ PAULO

Porque há um trabalho a ser feito.

ÁLVARES

Contrate um engenheiro. O seu século não foi um prodígio de engenharia?

ZÉ PAULO

Não adianta. Ele não saberia.

ÁLVARES

Não?

ZÉ PAULO

Não. É trabalho para poeta.

Álvares vira-se de costas, vai até o fundo do palco, espera, volta. Está profundamente irritado. Mário, sem saber o que fazer, tira do bolso a garrafa e oferece um gole tanto a Álvares como a Zé Paulo.

ÁLVARES (*para Zé Paulo*)

Ridículo. Você é ridículo... Todo esse drama, todo esse gigantismo patético tipo século XX... Vocês são muito piores do que nós: mais nefastos, mais cínicos, mais pretensiosos do que foram o nosso *spleen* e as nossas ilusões *fin-de-siècle...*

ZÉ PAULO

Eu avisei: nós somos bem seus filhos.

ÁLVARES (*no mesmo tom*)

Não me use como desculpa. Nós pelo menos formulamos os nossos próprios problemas. Os de vocês estão dados, são tão reais quanto o fedor que sobe desse rio e vocês vivem mergulhados na abstração... Não conseguem enxergar um palmo diante do nariz!

Como nem Álvares nem Zé Paulo aceitaram, o próprio Mário bebe.

ZÉ PAULO (*começando a pegar embalo*)

Você não entendeu, Álvares? Nós precisamos de ajuda... Eu podia ter chamado qualquer outro poeta, de qualquer outro tempo, mas, ao contrário do que dizem, não existem tantos poetas disponíveis... (*Escolhe as palavras com cuidado*) O que eu quero dizer é que nós perdemos o poço, a entrada, a porta, o tíquete, a catraca, o ingresso, como você quiser chamar... Porra! (*Entra em desespero*) É por isso que as coisas fedem!... Você ainda não percebeu?... E eu não sou imune ao meu tempo! Eu também faço parte da armadilha... Podia ser um poeta de qualquer outra época, desde que não fosse a minha, que não estivesse contaminado pelas mesmas ilusões...

ÁLVARES (*sarcástico*)

Contaminado? Eu sou um poço de contaminações!

ZÉ PAULO

Mas as suas ilusões são diferentes das minhas — é só isso!... Vocês deram o primeiro passo, Álvares, mas nós demos o segundo. Vocês abriram o homem para a natureza; nós abrimos a natureza para o homem. Veja esse rio, Álvares! Ele é a prova maior do que somos. Hoje não existe um lugar no mundo que não esteja contaminado de humano... E não é só a água. Você está vendo a cidade, não? Você consegue imaginar o que serão esses prédios e condomínios de fantasia daqui a cinquenta, sessenta anos, com sua arquitetura falsa, suas fachadas postiças, seus implantes de mau gosto? Isso para não falar nas cercas eletrificadas, nos sistemas de alarme vinte e quatro horas, nos exércitos de seguranças vigiando as ruas... Você já teve esse pesadelo antes?... (*Álvares começa a andar pelo palco como numa jaula*) E sabe pra que é que tudo isso existe? Para tornar o trabalho da morte mais fácil... Por isso as pessoas se protegem tanto. Para que a morte cumpra sua missão com o máximo conforto, com controle de qualidade total, ISO 9020!... Agora você percebeu? Você entende o que está em jogo?

Silêncio.

ÁLVARES
    Por que eu?

ZÉ PAULO
    Você terá sempre vinte anos.

ÁLVARES
    Isso é covardia!

ZÉ PAULO
    Além disso, você é o primeiro da fila.

ÁLVARES (*parando de supetão*)
    Que bela fila! Um morto, um mudo e um manco! (*Pausa longa. Reconsidera*) Supondo que eu fique... o que é que eu ganho com isso?

ZÉ PAULO
    Não se trata de ganhar, trata-se de sobreviver. E, acredite, de sobrevivência eu entendo. Perdoe o trocadilho, mas eu já abri mão de uma perna...

ÁLVARES (*decidido*)

Não vim até aqui para ouvir trocadilhos de mau gosto. Vou-me embora.

Álvares anda pelo palco, procura a saída, some atrás das cortinas.

ZÉ PAULO (*gritando para alcançá-lo*)

Álvares! Ninguém compreendeu a noite como você!

ÁLVARES (*só a voz, de longe*)

A minha noite não existe mais.

ZÉ PAULO (*gritando para alcançá-lo*)

Todas as noites existem! Todas as noites se comunicam!

Silêncio prolongado. Mário olha para um lado e para o outro. Barulho de gente correndo e caixas caindo. A cabeça de Álvares surge numa fresta da cortina.

ÁLVARES (*só a cabeça de fora*)

Onde?

ZÉ PAULO

Debaixo da ponte, no fundo desse rio.

Cena 2

Para os lados de Jurubatuba, os primeiros sinais de claridade. O arco da Ponte do Jaguaré, sobre o rio Pinheiros, pouco a pouco se destaca na escuridão.
Álvares, Mário e Zé Paulo começam a subir a ponte.

ÁLVARES
O que foi isso?

ZÉ PAULO
O quê?

ÁLVARES
Esse barulho...

ZÉ PAULO
Ah! Devem ser as capivaras.

ÁLVARES
Elas nadam nesse rio imundo?

ZÉ PAULO

Você não conhece o ditado "enquanto há vida, há capivaras"?

Mário murmura, parece rir. Não se sabe ao certo.

ÁLVARES

Não sei como suportam!

ZÉ PAULO

As capivaras são impermeáveis.

ÁLVARES

Ou talvez já estejam mortas... como eu!

ZÉ PAULO

Não, Álvares, ainda não, ainda resta algum tempo.

Chegam ao alto da ponte.

ÁLVARES

Para quê?

Zé Paulo não responde.

ZÉ PAULO

Você gosta de arquitetura? Eu gosto muito... Olha, daqui de cima dá pra ver a esquina do rio.

ÁLVARES

Esquina do rio?

ZÉ PAULO

É, esta cidade não tem praia, não tem delta, não tem foz, mas tem entroncamentos de água (*aponta para a comporta que separa as águas do Pinheiros e do Tietê*). Eu gosto de chamar de esquina. (*Pausa*) A propósito, sabe como a engenharia se refere aos túneis e às pontes?

Álvares não responde.

ZÉ PAULO

Como obras de arte.

ÁLVARES

Eu não sabia.

ZÉ PAULO

É isso que são os túneis, as pontes, as esquinas... Lugares onde o tempo muda de corpo... Quando você está no alto de uma ponte, tanto faz se você a atravessou daqui pra lá ou de lá pra cá. O importante, quando você está no alto de uma ponte, é estar... (*escolhe as palavras com cuidado*) precisamente... no alto da ponte. É o momento mais difícil... É como... respirar na ponta de uma agulha... como cavar um túnel: você o atravessa ao mesmo tempo em que o constrói...

Mário pigarreia forte.

ÁLVARES

Mas do que é que você está falando?

ZÉ PAULO

Do seu poema. Lembra-se?

ÁLVARES

Não.

ZÉ PAULO

Do poema que você ficou de concluir no século XXI.

ÁLVARES

O que tem ele?

ZÉ PAULO

Esta é a hora e o lugar.

ÁLVARES

Mas o que eu devo fazer?

Zé Paulo entrega a Álvares um balde, uma corda, uma pá.

ÁLVARES

O que é isso?

ZÉ PAULO

Material para escavação.

ÁLVARES

E posso saber o que é que vamos escavar?

ZÉ PAULO

Alguma dor não contaminada.

ÁLVARES (*altera-se rapidamente*)

Dor? Você me tira do limbo, do nirvana impalpável, para me falar em dor? (*Arremessa para longe o balde e a pá*) Achei que tinha me livrado disso de uma vez por todas...

ZÉ PAULO

Álvares...

ÁLVARES

Não!

ZÉ PAULO

Eu preciso lhe dizer uma coisa...

ÁLVARES

Não!

ZÉ PAULO

... eu também estou morto, Álvares! Eu também passei a fronteira não faz muito tempo. Ainda existe quem trata comigo como se eu estivesse vivo, por isso ainda guardo minhas memórias, conheço a cidade e sei andar pelas ruas... Mas precisamos agir rápido!

ÁLVARES

Não!

ZÉ PAULO

Rápido, Álvares, antes que eu também seja conjurado pela morte!

ÁLVARES (*como num transe hipnótico*)

Prefiro descer dez mil barrancos, beber mijo fermentado em dez mil urnas funerárias, verter merda pelos olhos e as narinas... Mas nunca, nunca, nunca mais encontrar a dor!... Prefiro cair... morrer... não lembrar mais nada! nada! nada!... (*De repente, despertando do transe, num tom mais calmo*) Chega, acabou... Quero voltar para o meu quarto, para a minha biblioteca. Quero voltar para a minha cova.

MÁRIO (*num sussurro*)

Cava, cava...

Álvares e Zé Paulo param, eletrizados.

ÁLVARES (*timidamente*)

Eu disse "cova"...

MÁRIO (*agora mais forte*)

Cava, cava...

ZÉ PAULO

Ele está acordando!

Um murmúrio poderoso, a ponto de transformar-se em música, toma conta do palco — o murmúrio vem de Mário, que continua a pronunciar "cava, cava, cava...".

Álvares e Zé Paulo aproximam-se da beira da ponte e se debruçam sobre as águas do Pinheiros. Com a ajuda de Zé Paulo, Álvares passa os pés sobre a murada e, pendurado numa corda, começa a descer de rapel bem no meio do rio.

O lodo emite um reflexo metálico.

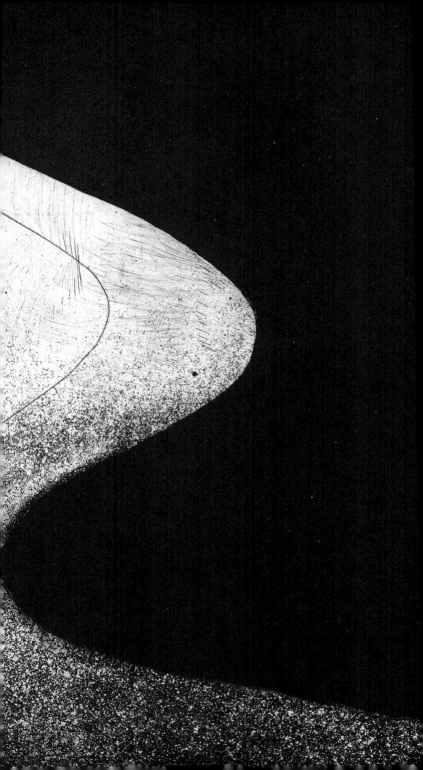

SOBRE OS PERSONAGENS

Álvares de Azevedo

Manuel Antônio Álvares de Azevedo nasceu em São Paulo, em 12 de setembro de 1831, filho de Maria Luísa Silveira da Mota e Inácio Manuel Álvares de Azevedo, à época estudante da Faculdade de Direito. Talvez por isso tenha se propagado a lenda, sustentada por seus primeiros biógrafos, de que o poeta teria nascido na biblioteca da faculdade (que hoje ostenta seu retrato a óleo feito pelo pintor Krümoltz), quando na realidade nasceu na casa do avô materno, na esquina das ruas Quintino Bocaiúva e Senador Feijó. Estudou no Rio de Janeiro, nos colégios Stoll, onde se destacou por sua inteligência, e no D. Pedro II, onde a indisciplina lhe valeu alguns castigos. Em 1848 voltou a São Paulo para cursar a Faculdade de Direito. Na cidade provinciana, em que a única animação era aquela promovida pelos próprios estudantes, participou ativamente da vida acadêmica e, paralelamente aos estudos, dos quais nunca descuidou, entregou-se a uma vivência apaixonada da poesia, cultivando um subjetivismo extremado, que tinha em Byron (1788-1824) um de seus modelos maiores. Algumas controvérsias cercam a causa de sua morte: nas férias de 1851 para 52, passadas no Rio de Janeiro com a família, teria se manifestado uma tuberculose e também, em decorrência de uma queda

103

de cavalo, um tumor na fossa ilíaca. Submetido a uma dura operação, sem anestesia de qualquer espécie, o poeta faleceu no domingo de Páscoa de 25 de abril de 1852. Suas obras, publicadas postumamente, tiveram impacto enorme sobre o meio literário e as gerações que o sucederam. Entre elas se destacam os poemas da *Lira dos vinte anos*, a prosa grotesco-fantástica de *Noite na taverna* e o inclassificável *Macário*, que mistura teatro, narrativa e meditação, em cenários como a Itália idealizada, a Serra de Paranapiacaba e São Paulo de Piratininga. Foi pensando em *Macário* que o crítico Antonio Candido observou que se poderia atribuir a Álvares de Azevedo "a invenção literária da cidade de São Paulo".

Mário de Andrade

Mário Raul de Moraes Andrade nasceu em São Paulo em 9 de outubro de 1893, filho de Carlos Augusto de Andrade e Maria Luísa Leite Moraes, na casa do avô materno, rua Aurora, 320. Cresceu num ambiente de marcada religiosidade, rodeado de irmãos, primos e tias que mais tarde se farão presentes em sua ficção. Em 1909, formou-se no Ginásio Nossa Senhora do Carmo e, do estudante desinteressado que fora até então, Mário se transforma: passa a ler com avidez, começa a aprender piano e compra o primeiro quadro do que será, ao longo dos anos, uma impressionante coleção de artes plásticas. Em 1911, decidido a tornar-se concertista, ingressa no Conservatório Dramático e Musical, onde já estudava o irmão mais novo, Renato. Dois anos depois, profundamente abalado pela morte acidental do irmão, Mário, com vinte anos, abandona a carreira de concertista e se volta para a literatura, embora continuasse ligado à música (e ao conservatório, onde dá aulas) por toda a vida. Lê, estuda e escreve intensamente. Em 1917 publica, sob pseudônimo, *Há uma gota de sangue em cada poema*, livro que Manuel Bandeira considerou "ruim, mas de um ruim esquisito". No final desse ano, a polêmica exposição de Anita Malfatti (1889-1964) em São Paulo aproxima os futuros modernistas da Semana de 22. Pioneiro em muitos campos, Mário visita em 1919 as cidades históricas de Minas Gerais — viagem que repetirá em 1924 em companhia de Oswald de Andrade, Tarsila do Amaral e outros artistas, com consequências duradouras para a cultura brasileira. Em 1922 publica *Pauliceia desvairada*, o primeiro livro modernista do Brasil, a que se seguem outras obras de poesia, ficção — entre as quais a rapsódia *Macunaíma* (1928) — e ensaios que cobrem uma infinidade de temas, entre eles o famoso "Amor e medo", sobre a poesia de Álvares de Azevedo. Residindo desde 1921 na rua Lopes Chaves, na Barra Funda, junto com a mãe e uma tia, Mário se habituou a uma rotina de muito trabalho e poucas horas de sono, perturbada volta e meia por problemas financeiros e transtornos de saúde como sinusite, dores de cabeça, nevralgias e infecções várias, provavelmente relacionadas ao estado emocional do escritor. Em 1938, tendo sido praticamente expulso do cargo de diretor do Departamento de Cultura da cidade de São Paulo, que ele próprio ajudara a organizar, muda-se para o Rio de Janeiro, onde vive um período de isolamento que se estende até 1941, quando retorna a São Paulo. A 25 de fevereiro de 1945, Mário de Andrade sente-se mal em sua casa da rua Lopes Chaves e morre de colapso cardíaco aos 51 anos. Poucos dias antes, terminara de escrever o poema "Meditação sobre o Tietê", que muitos consideram seu testamento poético.

Zé Paulo

José Paulo Paes nasceu na cidade de Taquaritinga, interior de São Paulo, em 22 de julho de 1926. Em 1944, mudou-se para Curitiba e ingressou no curso de Química Industrial, antiga paixão da meninice, que logo perderia espaço para a inquietação literária e política. Data dessa época seu primeiro livro de poesia, *O aluno* (1947). Em 1949, químico formado, transferiu-se para São Paulo, onde morou por algum tempo numa pensão da rua Lopes Chaves, vizinha da casa de Mário de Andrade e próxima de seu trabalho no laboratório de controle de uma indústria farmacêutica no bairro do Pacaembu. Logo mergulha na vida cultural da cidade, colabora em revistas e suplementos literários, e trava contato com outros escritores, artistas, gente do teatro e da dança, entre as quais a bailarina Dora Costa, que será sua companheira de toda a vida e a quem dedica seu segundo livro, *Cúmplices* (1951). No ano seguinte, recém-casados, José Paulo e Dora mudam-se para "Santo Amaro, a vinte quilômetros do vale do Anhangabaú" — como ele mesmo escreveu —, acompanhando o laboratório farmacêutico, que se instalara na Zona Sul. Escreve nos fins de semana, nutrindo o sonho de um dia concentrar-se unicamente na literatura. No início dos anos 60, desliga-se do laboratório e ingressa numa editora, da qual se afasta nos anos 80 para dedicar-se à criação literária em tempo integral. A partir daí, sua produção cresce e se multiplica. Além da poesia e do ensaio, escreve também poesia para crianças, na qual seu humor aguçado encontra um novo campo de expansão, e traduz autores tão complexos e distintos como Aretino, Auden, Kaváfis, Ovídio, Rilke ou Seféris, para nomear apenas alguns. Por muitos anos, José Paulo, auxiliado por Dora, lutou contra problemas de circulação de origem congênita. Em 1986, com o agravamento da doença, precisou amputar uma perna — experiência que o poeta registrou no poema "À minha perna esquerda", recolhido em *Prosas seguidas de odes mínimas* (1992). José Paulo Paes faleceu em 9 de outubro de 1998. Suas relações com a cidade de São Paulo são descritas no belo texto "Por direito de conquista", publicado originalmente em *O lugar do outro* (1999) e republicado em *Armazém literário* (2008). Sua obra poética foi reunida no volume *Poesia completa* (2008).

SOBRE AS IMAGENS

As gravuras reproduzidas neste livro são de autoria de Evandro Carlos Jardim e foram fotografadas por João Musa, que gentilmente cedeu os arquivos digitais.

Capa: detalhe de "estrada", da sequência *Figuras jacentes*, 1987, água-forte e água-tinta sobre papel, 45 x 59,5 cm.

pp. 10-11: *Figuras — Rio Pinheiros*, 1991, água-forte e água-tinta sobre papel, 44,6 x 59,7 cm.

pp. 99 e 100-101: detalhes de "estrada", da sequência *Figuras jacentes*, 1987, água-forte e água-tinta sobre papel, 45 x 59,5 cm.

SOBRE O AUTOR

Escritor e artista plástico, Alberto Martins nasceu em Santos, SP, 1958. Formou-se em Letras na USP em 1981, e nesse mesmo ano iniciou sua prática de gravura na ECA--USP. Como escritor publicou, entre outros, os livros *Poemas* (1990); *Goeldi: história de horizonte* (1995), que recebeu o prêmio Jabuti; *A floresta e o estrangeiro* (2000); *Cais* (2002); *A história dos ossos* (2005), distinguido com o Prêmio Telecom de Literatura; e *A história de Biruta* (2008).

Este livro foi composto em Minion
pela Bracher & Malta, com CTP
e impressão da RR Donnelley
em papel Pólen Soft 80 g/m² da
Cia. Suzano de Papel e Celulose para
a Editora 34, em maio de 2011.